Gwenaëlle Aznar

Nous, les enfants de 1971

De la naissance à l'âge adulte

Éditions Wartberg

Mentions légales

Crédits photographiques :

Archives personnelles, p. 4-7, 9, 11-18, 23, 27-32, 34-36, 40, 42, 44, 46, 48, 50-52, 55, 56b, 60b, 62, 63b.
© Nestlé, p. 21 ; © Photothèque Renault, p. 26 ; © Le Grand Rex, p. 47h.
© Picture-alliance / dpa, p. 38-39, 41, 45h ; Picture-alliance / maxppp, p. 19b. ; Picture-alliance / Hanne Jordan, p. 61.
© Ullstein bild – Möller, p. 20 ; Ullstein bild – Hartung, p. 33 ; Ullstein bild – Werner Otto, p. 37 ; Ullstein bild – united archives, p. 45b ; Ullstein bild – Zangl, p. 47b ; Ullstein bild – Bildarchiv, p. 49 ; Ullstein bild – dpa, p. 54 ; Ullstein bild – Bonn-Sequenz, p. 58 ; Ullstein bild – Scherhaufer, p. 59 ; Ullstein bild – Galuschka, p. 60h ; Ullstein bild – Weychardt, p. 63h.
© Roger-Viollet, p. 8b, 10b, 19h, 24-25, 56h, 57 ; Jean-Pierre Couderc / Roger-Viollet, p. 8h ; Jean-Régis Roustan / Roger-Viollet, p. 10h ; Patrick Ullmann / Roger-Viollet, p. 22 ; Jacques Cuinières / Roger-Viollet, p. 43.

Nous remercions tous les ayants droit pour leur aimable autorisation de reproduction. Dans le cas où l'un d'eux n'aurait pu être joint, une provision de droits est prévue.

6e édition, 2013

40, rue de l'Échiquier
75010 Paris

Un département de
Wartberg Verlag GmbH &Co. KG.
Im Wiesental 1
34281 Gudensberg-Gleichen
Allemagne

Conception graphique : Ravenstein & partenaires, Verden.
Imprimé en Allemagne sur les presses de Thiele & Schwarz, Kassel.

ISBN : 978-3-8313-2571-9

Préface

Chers enfants de 1971,

Nous, les enfants de 1971, premiers descendants des baby-boomers dont la jeunesse a été marquée par la libération des mœurs… Nous verrons bien des effets de cette émancipation dans notre éducation. Nous baignerons dans une atmosphère plus libérale que nos parents lorsqu'ils étaient enfants, nous serons moins sanctionnés et plus câlinés – pour le meilleur et pour le pire, diront plus tard certains psychologues en critiquant le sacre de l'enfant-roi.

Et comme chaque médaille a souvent son revers, nous serons nombreux à connaître les affres d'un divorce ressortissant d'une juridiction lourde et peu adaptée, sans aucun manuel pour nous aider à amortir les chocs ! Nous pourrons toujours nous consoler en nous disant que, grâce à une contraception efficace, nous sommes aussi les premiers à avoir été désirés, même si, avant la légalisation puis la généralisation de la pilule, beaucoup de nos mères avaient vécu un avortement – encore illégal jusqu'en 1975.

Plus tard, nos parents nous rebattront les oreilles avec notre malchance en nous comparant à eux qui ont connu la fameuse parenthèse enchantée, de devoir craindre le sida, cette nouvelle maladie qui se transmet notamment par voie sexuelle. Même rengaine concernant notre entrée sur le marché du travail : l'avenir que nous réservent la fin des Trente Glorieuses et la montée du chômage ne semble pas très rose.

Génération pas franchement militante, nous sommes peu à adhérer à un parti politique : ils nous semblent tous pareils et ne nous enchantent guère. Les premières années Mitterrand ont apporté leur lot de désillusions, une fois passées les premières mesures symboliques comme l'abolition de la peine de mort ou la légalisation des radios libres.

Réjouissons-nous malgré tout, nous aurons vécu les premières années du tout-technologique : des premiers répondeurs téléphoniques au Minitel en passant par les téléphones portables et les consoles de jeux vidéo, nous serons fin prêts, armés pour vivre la révolution technologique en marche !

Gwenaëlle Aznar

Gwenaëlle Aznar

1971-1973

Libérez les bébés !

Fais risette à Maman !

Naître

Les premières contractions arrivent : il est temps de boucler la valise contenant les trousseaux de bébé et de la future maman, pour prendre le chemin de la maternité. Voilà maintenant une bonne dizaine d'années qu'en France comme dans la plupart des autres pays industrialisés, on accouche majoritairement dans un lieu médicalisé – c'est à la fois plus sûr et plus moderne. Dans les

Chronologie

21 avril 1971
À Haïti, début de la dictature de Jean-Claude Duvalier, 19 ans, qui reprend la succession de son père François. Il gouvernera jusqu'en 1986.

13 juillet 1971
Le plus grand marché couvert de Paris, situé aux Halles, est déplacé à Rungis. Les pavillons construits par Victor Baltard en 1863 sont démolis.

26 octobre 1971
La Chine obtient un siège en tant que membre permanent du Conseil de sécurité de l'ONU avec 76 voix contre 35.

3 décembre 1971
Suite à la déclaration d'indépendance du Bangladesh au mois de mars, l'armée indienne attaque le Pakistan.

24 mars 1972
Après plusieurs mois de violences entre protestants et catholiques en Irlande du Nord, la Grande-Bretagne intervient et décide d'administrer la région pour une durée d'un an.

5 octobre 1972
En réunissant divers mouvements d'extrême droite comme Occident ou Ordre nouveau, Jean-Marie Le Pen crée un nouveau parti, le Front national.

27 mars 1973
Pour protester contre le traitement que le cinéma d'Hollywood réserve aux Indiens, Marlon Brando envoie une jeune Indienne chercher à sa place l'Oscar du meilleur acteur qui lui a été décerné pour son rôle dans *Le Parrain*.

11 septembre 1973
Coup d'État au Chili : les militaires, emmenés par Augusto Pinochet et aidés en sous-main par la CIA, renversent le président Salvador Allende et prennent le pouvoir.

6 octobre 1973
La Syrie et l'Égypte profitent de la fête religieuse de Yom Kippour pour lancer une offensive contre Israël.

17 novembre 1973
En Grèce, le régime des colonels lance des chars contre les étudiants manifestants, soutenus par la population.

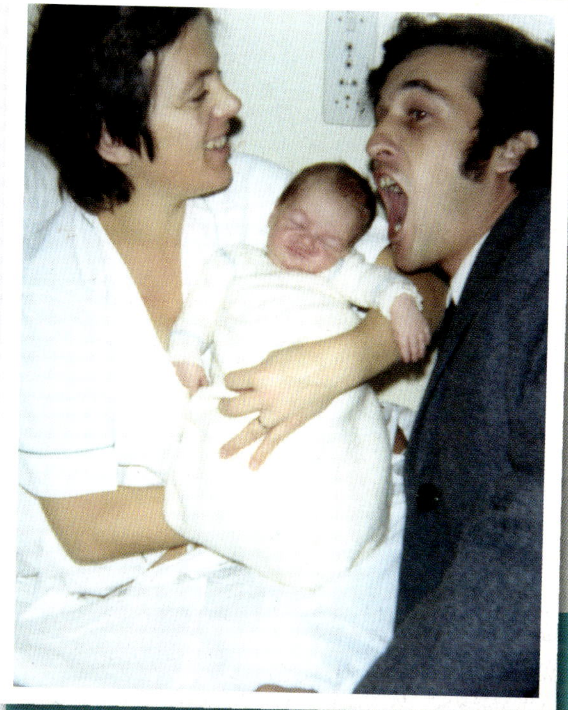

Et c'est… une fille ! Une surprise que l'échographie, dont l'usage reste médical, n'aura pas éventée.

années 1970, l'hôpital ne fait plus aussi peur qu'avant.

Celles de nos mères qui occupent un emploi n'ont pas pu se reposer longtemps avant notre naissance : le congé maternité rémunéré (90 % du salaire brut) n'est généralisé aux salariées du privé qu'en 1971. Ce congé ne consiste alors qu'en douze semaines au total, contre seize aujourd'hui. Il faut dire que les femmes qui travaillent sont encore rares. Nées dans les années 1940, la plupart d'entre elles ont la femme au foyer pour modèle. La majorité de celles qui travaillent sont de condition modeste, et les domaines professionnels qui leur sont ouverts sont limités : elles sont secrétaires, infirmières, ouvrières… Les diplômes restent réservés à une élite masculine.

Un dernier petit bain avant l'accouchement.

L'accouchement

En arrivant à la maternité, la parturiente sait qu'elle va crier et suer pendant des heures, et pour cause : la péridurale en est encore au stade expérimental. Le papa est gentiment envoyé dans la salle d'attente, où il pourra tourner en rond et fumer, comme il se doit à l'époque, cigarette sur cigarette.

Ça y est, le bébé est né ! Il ou elle ? Cela reste une surprise. Les parents n'ont pas encore la possibilité de connaître à l'avance le sexe de leur enfant. L'échographie demeure réservée à un usage médical. Lorsque le séjour à l'hôpital se termine enfin, il est temps de rentrer à la maison. Enfin ? Eh oui ! Aussi étonnant que cela puisse paraître aujourd'hui, on reste alors hospitalisé, même pour une naissance sans problème, une bonne dizaine de jours. Pendant ce temps, le papa a eu le temps de se rendre à la mairie pour déclarer la naissance et enregistrer le prénom choisi.

Les taches sur le bavoir prouvent que bébé a pris un bon repas.

Manger et rester propre

Les médecins préconisent de nourrir les nouveaux-nés au sein dès les premiers jours : on connaît désormais les bienfaits du colostrum, cette substance sécrétée par la mère durant le premier mois, bourrée d'anticorps, qui permet aux bébés de mieux résister aux attaques des microbes. Mais la libération des femmes est déjà passée par là : elles ne veulent plus être disponibles jour et nuit pour leur nouveau-né.

On loue des tire-laits, énormes machines qui ressemblent davantage à des trayeuses – et donnent l'étrange sentiment de devenir une vache. Nos mères veulent aussi profiter de ce luxe autrefois réservé aux familles aisées : le biberon. Il faudra prendre soin de le laver en le désinfectant dans un stérilisateur, un appareil encore assez imposant.

Imposant, le pèse-bébé qu'on loue à la pharmacie l'est aussi. Et il n'est pas pris à la légère : on pèse le nourrisson avant et après chaque repas, pour s'assurer qu'il prend du poids régulièrement. À la moindre anomalie, on retourne immédiatement chez le pédiatre pour lui demander conseil, sous le regard moqueur des grands-mères, qui n'avaient pas besoin de tout ça pour obtenir de beaux bébés grassouillets.

Simone Veil, ministre de la Santé, en 1975.

Les méthodes contraceptives

En France, durant la première moitié du XXe siècle, les seules méthodes contraceptives connues et utilisées massivement sont le retrait et, loin derrière, la méthode Ogino fondée sur le calcul de la période de fécondation. Les préservatifs, masculins comme féminins, existent déjà depuis le début du siècle, mais l'image qu'ils véhiculent n'est pas très bonne : ils restent réservés aux femmes de peu de morale et à ceux qui vont les voir...
Si l'Église condamne par principe toute méthode contraceptive – même si la méthode Ogino est approuvée dès 1951 –, c'est aussi le cas de l'État, qui a besoin de main-d'œuvre. Punie depuis 1920, la contraception ne sera légalisée qu'en 1967 avec la loi Neuwirth, du nom du député Lucien Neuwirth, qui gagnera ainsi le surnom de « Lulu la pilule ». Cependant, cette dernière n'est autorisée que dans le cadre de la régulation hormonale. Personne n'est dupe : les Français vont enfin pouvoir décider plus facilement du nombre d'enfants qu'ils souhaitent mettre au monde. La pilule ne sera réellement accessible à toutes qu'en 1974, date à partir de laquelle elle sera aussi remboursée par la Sécurité sociale.
Autre grand combat : l'avortement, interdit par la même loi de 1920, réalisé de manière très artisanale et dangereuse par des femmes sans aucune qualification médicale, surnommées « faiseuses d'anges ». Il faudra attendre la loi Veil de 1975 pour qu'il soit légalisé. Cette loi, qui a provoqué des débats houleux dans la population comme à l'Assemblée, est d'abord votée à titre provisoire pour une durée de cinq ans afin de freiner les ardeurs de ses détracteurs. Elle sera reconduite en 1979 à titre définitif.

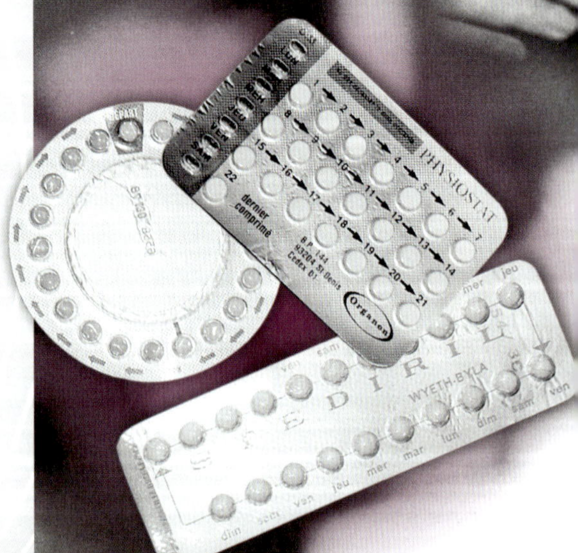

La pilule n'est légalisée qu'en 1967.

La propreté

2 ans et déjà plus de couches, pour le plus grand bonheur de Maman…

Si les couches jetables sont commercialisées depuis le début des années 1970, il faudra attendre 1976 pour que les fameuses Pampers envahissent le marché français. En attendant, on lave les couches quotidiennement, ce qui contribue sans doute à expliquer le succès des machines à laver – y compris les petits modèles que l'on branche sur le robinet de l'évier. Les pédopsychiatres commencent tout juste à recommander d'attendre que l'enfant soit mûr psychologiquement et qu'il sache contrôler ses sphincters pour commencer l'apprentissage de la propreté… mais ce ne sont pas eux qui lavent les couches !

Comme nos aînés, nous passons donc de longues heures à attendre, assis sur le pot, de pouvoir le remplir afin de satisfaire nos mères. Côté propreté, on profite de ce que toutes les habitations ou presque possèdent désormais l'eau courante pour prendre un bain par jour. Quant à la brosse à dents, elle s'est largement répandue et on nous recommande de l'utiliser deux fois par jour. Changer bébé, laver ses couches, le baigner : des activités essentiellement maternelles, car même si les pères s'occupent davantage des nourrissons que leurs propres pères, le partage des tâches ménagères n'est pas encore à l'ordre du jour.

L'enfant-roi…

« Nous découvrons chaque jour combien les nourrissons gardent, engrammées comme des bandes magnétiques quelque part dans leur cortex, les premières paroles entendues, chargées de plaisir ou d'angoisse. » Grâce à Françoise Dolto, les parents ne se sentent plus seuls pour éduquer leur enfant. Le bébé est devenu une personne, à qui il faut parler et qui ne doit plus être considéré comme un tube digestif.

En 1976, les parents sont rivés à leur poste de radio : sur France Inter, la grande prêtresse de la cause des enfants répond à des questions posées par des parents angoissés. Grâce à elle, on nous regarde autrement et on s'intéresse à nous dès notre plus jeune âge. Nous ne sommes plus des petits animaux domestiques qu'il faut dresser : notre parole a désormais du sens, on nous écoute et on nous demande notre avis – du moins un peu plus qu'à la génération précédente. Nos prénoms apparaissent sur les boîtes aux lettres, nos chambres sont bourrées de jouets en tout genre censés nous rendre plus intelligents et plus vifs, et plus tard, on nous laissera une liberté et une autonomie à faire frémir les psychologues d'aujourd'hui.

Françoise Dolto, grande prêtresse de l'éducation des enfants.

Satisfaction du roi, joie du tyran.

… ou l'enfant tyran ?

Pourtant, dans les années 1990, Françoise Dolto fera l'objet de nombreuses critiques : on l'accusera, entre autres, d'avoir aboli l'autorité parentale, d'avoir fabriqué des petits tyrans et d'avoir trop responsabilisé les parents qui, se sentant perdus, ont peu à peu démissionné. Critiques un peu faciles, contrecoup d'une vulgarisation qui a gommé le discours initial… si l'enfant est une personne, cela ne signifie pas pour autant qu'il doive décider de tout !

Toujours est-il que nous sommes les premiers bénéficiaires de ce bouleversement dans l'éducation. Libérés par Dolto, les parents peuvent s'adonner aux joies des grandes conversations avec leur bébé. Et même si on nous laisse encore crier la nuit pour ne pas nous rendre capricieux – héritage des traditions –, nous bénéficions d'une plus grande tolérance. Merci, Françoise !

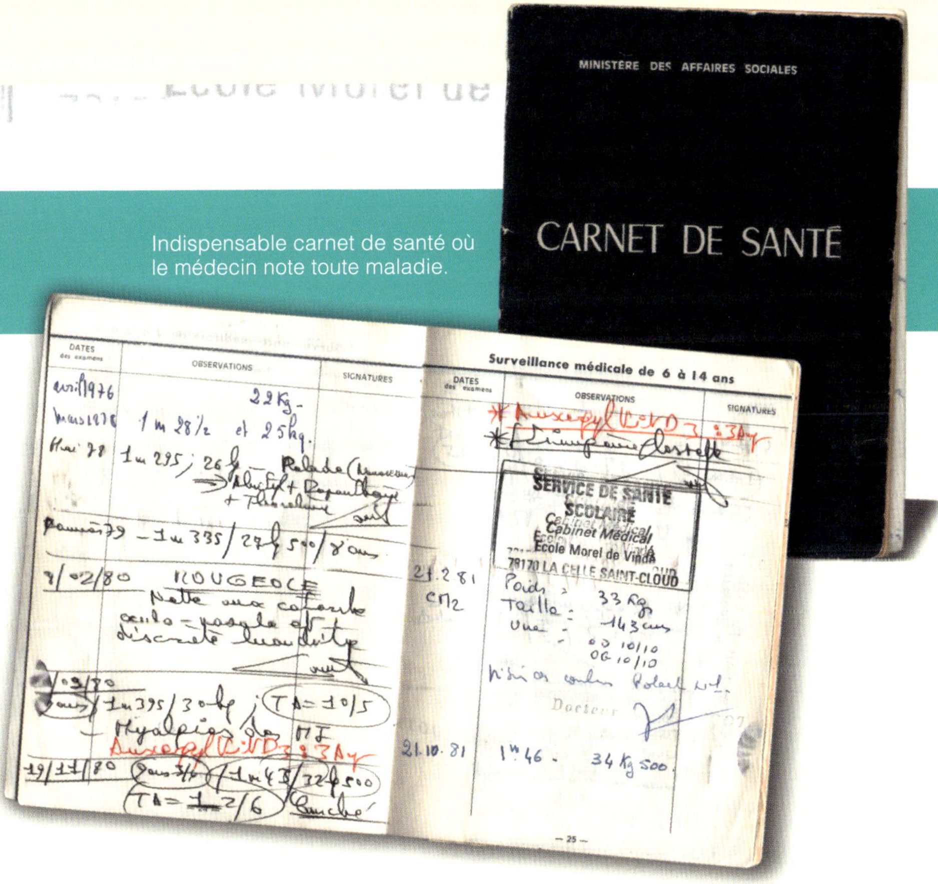

Indispensable carnet de santé où le médecin note toute maladie.

Bébés, maladies et médecine

Avant même que nous ayons atteint l'âge de 2 ans, on nous injecte une quantité de vaccins dans les bras : contre la diphtérie, la coqueluche, la poliomyélite, la tuberculose… Et si cela fait maintenant une bonne trentaine d'années que les campagnes de vaccinations massives ont permis de faire reculer ces maladies mortelles, on continue à nous vacciner sans le moindre antidouleur. En effet, la douleur des enfants n'est pas encore prise en considération : la piqûre, c'est pour la bonne cause !

En revanche, nous sommes trop jeunes pour avoir été protégés contre la rougeole, la rubéole et les oreillons : ces vaccins n'ont pas encore vu le jour. Quant aux maladies infantiles, on ne les traite qu'avec un seul remède : les antibiotiques ! Dans les années 1970, on se méfie trés peu de ces traitements, et les médecins les prescrivent presque systématiquement. Pourtant, de plus en plus de médicaments sont lancés sur le marché et le gros livre rouge, le *Vidal*, s'enrichit chaque année de nombreuses pages supplémentaires.

Aussitôt né,
aussitôt baptisé –
ou presque.

La visite chez le docteur

Grâce aux progrès de la médecine, en 1980, la mortalité infantile est passée sous le seuil des 10 décès pour 1 000 naissances : nos parents n'ont plus à se faire de soucis majeurs pour nous. Pour autant, nous fréquentons assidûment les cabinets médicaux. Avant guerre, on n'appelait le médecin que lorsqu'on était mourant, ou presque, et celui-ci venait voir le malade à son domicile. Depuis la généralisation de la Sécurité sociale en 1945 et l'instauration des remboursements médicaux, on n'hésite plus à téléphoner au médecin – mais celui-ci ne se déplacera plus qu'en cas de forte fièvre.

Le praticien conserve un rôle important et ses avis sont toujours paroles d'évangile : on ne met pas en doute son diagnostic en allant consulter un confrère ou un spécialiste ! À l'école, nous subissons également une visite médicale – une corvée pour ceux qui en ont déjà effectué une chez leur médecin de famille. Nous faisons la queue, notre carnet de santé sous le bras, en attendant d'être pesés, mesurés et que le médecin scolaire ait vérifié le calendrier des vaccinations.

On se marie, on divorce

Nos parents, issus de la génération des baby-boomers, seront les premiers à divorcer à tout va. On se marie toujours dans les années 1970, mais on divorce assez rapidement – non sans avoir fait, entre-temps, quelques enfants… Les procédures de divorce, même par consentement mutuel, sont longues et douloureuses pour

Les heureux mariés ne se doutent pas de l'issue de ce mariage…

Un week-end dans la voiture de Papa, un week-end dans celle de Maman.

tout le monde. Les parents se disputent : qui va garder l'appartement, les meubles, le chien… et surtout, les enfants ?

La mode n'est pas encore à la garde partagée, à plus forte raison paternelle : la plupart des pères auront le droit de voir leurs enfants un week-end sur deux et la moitié des vacances scolaires. Parfois, les fratries sont séparées. Disputes incessantes, cris, pleurs, nous assistons à tout et en garderons plus tard, au coin des lèvres, un pli d'amertume. Maigre consolation : à l'école, nous sommes nombreux à vivre la même situation.

Nous apprenons à vivre dans deux maisons distinctes, souvent plus petites – le budget familial ayant été réduit –, à partager de nouveau notre chambre avec un frère ou une sœur. Nous faisons notre place dans une famille recomposée, avec un deuxième conjoint, les éventuels enfants du premier lit et les bébés de ces nouvelles unions. Personne ne détient encore le mode d'emploi pour gérer ces situations sans casser des œufs. Les psys n'ont pas eu le temps de décortiquer ces situations et de publier des articles sur le sujet, tandis que, peu à peu, leurs cabinets se remplissent de ces familles plus ou moins abîmées.

En quelque sorte, ces divorces douloureux nous serviront : notre génération sera plus réticente à s'engager dans les liens du mariage, et ceux qui divorceront feront en sorte que tout se passe pour le mieux.

Pas assez de place sur le photomaton pour toute la famille recomposée.

L'affaire des micros

Dans la nuit du 3 décembre 1973, André Escaro, dessinateur au Canard enchaîné, *se rend dans les nouveaux locaux du journal, encore en travaux. Étonné de voir de la lumière et une activité qui n'a pas lieu d'être, il surprend une dizaine de personnes se faisant passer pour des plombiers. Ces hommes, en réalité des agents de la Direction de la surveillance du territoire (DST), le service de renseignements du ministère de l'Intérieur alors dirigé par Raymond Marcellin, étaient en train de poser des micros dans les bureaux. Le journal, devenu trop dérangeant pour l'Élysée, devait être mis sur écoute. L'affaire sera surnommée le « Watergaffe » en référence au tout récent Watergate qui a poussé Richard Nixon à démissionner. L'affaire fait les gros titres de la presse, en France comme à l'étranger. Au ministère, on nie tout en bloc et l'on s'offusque de ces accusations.*
Un procès aura lieu trois ans plus tard. Il aboutit à un non-lieu pour l'administration française, malgré l'identification des membres de la DST par le dessinateur et les preuves accablantes réunies par le journal, qui ira jusqu'au pourvoi en cassation. Sept ans après les faits, le deuxième et dernier arrêt de la Cour de cassation est rendu… et le dossier, définitivement refermé. Il ne reste de cette affaire qu'une plaque posée dans les locaux du Canard enchaîné, *à côté du trou pratiqué par les membres de la DST, avec cette mention : « Don de Marcellin ».*

1974-1976

Le sacre de l'enfant roi

L’école maternelle, le bonheur !

L’entrée à la petite école

Pour les enfants âgés de 3 ans, c’est la rentrée à l’école maternelle. Initiation au calcul et à l'écriture, jeux, activités physiques seront au programme des trois années précédant la " grande école ". Les Trente Glorieuses et le développement du travail des femmes dans toutes les couches de la société ont généralisé

Chronologie

13 mars 1974
Inauguration de l'aéroport de Roissy-en-France, qui deviendra le plus grand centre de fret aérien en Europe.

19 mai 1974
Valéry Giscard d'Estaing est élu président de la République avec 50,8 % des suffrages exprimés et un faible pourcentage d'abstention (12,63 %).

8 août 1974
Aux États-Unis, suite au scandale des mises sur écoute du parti démocrate, surnommé le « Watergate », le président Richard Nixon annonce sa démission.

10 janvier 1975
Première diffusion de l'émission « Apostrophes », présentée par Bernard Pivot, qui sera programmée durant quinze ans.

28 février 1975
Signature des accords de Lomé, destinés à stabiliser l'économie agricole entre la CEE et quarante-six pays d'Afrique, des Caraïbes et du Pacifique.

Avril 1975
Entre rivalités politiques et affrontements religieux, les violences se multiplient au Liban, qui se dirige vers une guerre civile.

30 avril 1975
Après des combats acharnés, la prise de Saigon par les troupes du Nord-Vietnam et du Viotcong marque la fin de la guerre du Vietnam, qui aura duré quinze ans.

21 mai 1975
Ouverture du procès de quatre membres de la Fraction armée rouge (RAF), organisation d'extrême gauche allemande, surnommée la bande à Baader, responsable de plusieurs attentats à la bombe.

13 mai 1976
Au Cambodge, Pol Pot, chef des Khmers rouges, à l'origine d'un véritable génocide, est nommé Premier ministre.

19 juillet 1976
Grâce à un tunnel creusé depuis les égouts, Albert Spaggiari et plusieurs complices braquent la Société générale de Nice, réalisant le « casse du siècle » : le butin s'élève à 50 millions de francs.

Fin prêt pour affronter la nouvelle maîtresse.

les maternelles, qui ont accueilli 1 860 000 enfants en 1978, contre 800 000 en 1958.

Nos mamans – y compris celles, encore nombreuses, qui sont femmes au foyer – profitent de ces ouvertures de classes pour se dégager du temps libre. Elles sont aussi convaincues que la maternelle prépare bien à la grande école et contribue à la réussite scolaire. Car désormais, l'égalité des chances n'est plus un mythe : nos parents, quelle que soit leur origine sociale, et surtout si elle est modeste, vont nous pousser à faire de longues études. Mais le premier choc pétrolier est passé par là, et les chiffres du chômage attestent du début d'une ère nouvelle, qui ne sera pas favorable à l'emploi. Pour l'instant, nous sommes fiers d'aller à l'école, comme nos aînés et cousins.

La rentrée des classes est un soulagement pour les mères.

Mères au foyer et mères actives

Les mères qui ne travaillent pas viennent chercher leurs enfants à l'heure du déjeuner, les autres mangeant à la cantine – et il n'est pas rare qu'au début, nous ne fréquentions l'école maternelle que le matin. Pour les mamans qui travaillent, c'est la course entre l'accompagnement des enfants à l'école le matin et les tâches ménagères le soir, activités qui restent essentiellement prises en charge par les femmes. C'est également l'heure de la généralisation des baby-sitters, qui viennent nous chercher à la sortie de l'école et nous gardent jusqu'au retour des parents.

Dans la cour de récréation, nous jouons tout en observant les plus grands avec envie, ceux de la grande école, qui s'amusent dans la cour d'à côté. Nous savons que là-bas, nous apprendrons à lire et à écrire grâce à des ardoises ou à de beaux stylos à plume, dont nous essuierons les bavures avec du papier buvard rose. Et si nous sommes sages, nous obtiendrons une belle image au bout de dix bons points.

Les radios libres

Un monopole d'État règne sur la radio française, établi par ordonnance à la fin de la guerre, comme un peu partout en Europe. Mais dans les années 1970, la contestation prend de l'ampleur. D'abord en Italie, puis en Grande-Bretagne, des radios libres émettent depuis un territoire situé à proximité de leur pays et non soumis à la loi nationale. En France, c'est depuis le Luxembourg ou Monte-Carlo que les radios contournent la loi. Certaines s'installent sur le territoire même : on monte des antennes sur le toit et l'on déménage régulièrement pour éviter les poursuites judiciaires.
La grogne monte contre ce qui est perçu comme une entrave à la liberté d'expression : il faut donner la parole à ceux qui ne l'ont jamais. Plusieurs mouvements associatifs ou communautaires entrent dans la lutte. En 1977, Brice Lalonde, militant écologiste et candidat aux élections législatives, lance radio Verte, émise depuis l'appartement de Jean-Edern Hallier. Les programmes en seront rapidement brouillés, comme les autres. Il serait pourtant si simple de laisser à ces radios la bande FM, totalement inutilisée…
Il faudra attendre l'élection de François Mitterrand et la loi du 29 juillet 1982 pour que les radios pirates puissent enfin émettre en toute légalité. Le résultat ne se fera pas attendre : 1 500 radios obtiendront une autorisation et la liste d'attente sera longue… Contentons-nous de deux exemples : Carbone 14 avec ses animateurs aux noms farfelus (Supernana, Jean-Yves Lafesse ou David Grossexe), et La Voix du lézard, diffusée uniquement à Paris, spécialisée dans le rock et la new wave. Elle sera bientôt diffusée au niveau national et prendra le nom de Skyrock.

1978 : pour émettre hors du territoire, tous les moyens sont bons.

Affiche en faveur de la libéralisation des radios.

On ne connaît quand même pas grand-chose de meilleur qu'une glace.

La grande bouffe

Les repas de notre enfance ne ressemblent en rien à ceux que prenaient nos parents. Le but principal est de réduire au maximum le temps de préparation, toujours trop long lorsque les deux parents travaillent. En poudre, le café ou la chicorée du matin ; en poudre, le lait et les potages, dans lesquels il suffira d'ajouter de l'eau. Dans les années 1960, les produits surgelés viennent s'ajouter aux traditionnelles conserves, une mode qui n'est pas près de passer. Quant aux fast-foods et autres restaurations rapides, ils connaissent un succès sans pareil. Destinés aussi bien aux familles qu'aux salariés qui consacrent peu de temps à leur repas, ils savent attirer les enfants grâce à des menus qui leur sont réservés et des surprises glissées dans les sacs en papier. En France, le premier McDonald's ouvre ses portes en 1972, à Créteil ; mais le siège se jugera trahi par sa direction et le contraindra à prendre un nouveau nom. La deuxième tentative, faite à Strasbourg en 1979, s'avèrera plus fructueuse : aujourd'hui, la chaîne compte un millier d'officines dans l'Hexagone. Les industriels regorgent d'idées et de produits pour nous séduire, et le pain au chocolat de notre goûter se trouve bientôt concurrencé par des centaines de biscuits de toutes les formes et de toutes les couleurs. Nos parents se rattrapent le week-end en concoctant des petits plats selon des recettes qui se sont allégées avec la mode de la nouvelle cuisine – les plats en sauce, en particulier, sont tombés en disgrâce.

Par ailleurs, les nutritionnistes abreuvent nos parents de conseils sur l'équilibre alimentaire et les indispensables produits laitiers que nous devons consommer quotidiennement. Peut-être en souvenir des restrictions qu'ils ont connues enfants, nos parents nous font manger de la viande à tous les repas. Même à la cantine, le poisson est réservé au vendredi – reliquat du jeûne imposé par la religion catholique le vendredi saint. Nous sommes étonnés de constater qu'on ne mange pas de la même manière chez nos grands-parents : on y sert systématiquement une entrée (des crudités ou un potage), puis un plat principal, des fromages et un dessert. À la maison, seul le plat principal est d'usage !

Dans la France des années 1970, on ne mange pas la même chose selon sa catégorie sociale. Au menu des classes populaires : pâtes, pommes de terre et cochon sous toutes ses formes. À la table des classes aisées, on trouvera du gigot, des légumes et des fruits frais. Dis-moi ce que tu manges, je te dirai combien tu gagnes !

Le lait concentré sucré, une nouveauté destinée à réduire les temps de préparation.

Carlos et Sylvie Vartan en répétition.

Loisirs

Musique, télévision, cinéma… voilà quelques années que les loisirs dédiés à la jeunesse ont pris une ampleur qui n'est pas près de se démentir. Dès l'âge de 3 ou 4 ans, les enfants ont dans leur chambre un mange-disques dans lequel ils insèrent eux-mêmes des 45 tours. Fini, le bras de lecture difficile à manier des tourne-disques parentaux. Notre appareil préféré, souvent vert ou orange vif, nous permettra d'écouter sans nous lasser Pierre Perret, Chantal Goya, Anne Sylvestre, Carlos… La liste des chanteurs qui sortent des tubes pour les enfants est longue. Même les chanteurs de variétés pour adultes s'y mettent : Henri Salvador entonne « Zorro est arrivé, / sans se presser », tandis que Joe Dassin chante « Tagada, tagada, / voilà les Dalton ». Au cinéma, nous allons voir *Bernard et Bianca* et *Les 101 dalmatiens* : désormais, les longs-métrages de Disney ont pris leur rythme de croisière et sortent avec une régularité de métronome, à raison d'un film tous les deux ans. Quant à nos parents, ils découvrent à l'époque un cinéma débarrassé de bien des pudeurs et des barrières morales. *Les Valseuses*, de Bertrand Blier, sorti en 1974, s'avère une ode à la liberté sexuelle ; tandis qu'*Emmanuelle*, de Just Jaeckin, sorti la même année, offre au cinéma érotique ses premières lettres de noblesse.

Émissions françaises, dessins animés étrangers

À la télé, nous nous régalons devant Bugs Bunny, la Panthère rose ou Titi et Grosminet, sans oublier les émissions spécialisées comme « Récré A2 », présentée par Dorothée, qui sera la première à diffuser en France des dessins animés japonais. Parmi ces derniers, il y a ceux destinés aux filles, comme « Candy », et ceux pour les garçons comme « Capitaine Flam », « Goldorak » et « Albator ». Mais nous ne nous arrêtons pas à ces considérations d'adultes et nous regardons tout, scandant dans les cours de récré les refrains des génériques, que nous n'avons pas oubliés depuis : « Capitaine Flam tu n'es pas. / De notre galaxie. / Mais du fond de la nuit… »

Accros à la télé… même pendant les anniversaires avec les copines !

Pour rester fidèles au *made in France*, citons « L'Île aux enfants », qui accueille sur son plateau des enfants venus rencontrer Casimir, le célèbre monstre gentil orange et jaune. Nous serons nombreux à nous inscrire sur les listes d'attente pour participer à l'émission ! Il y a aussi « Les Visiteurs du mercredi », présenté par Soizic Corne, qui, outre les classiques du studio Hanna-Barbera (« Les Fous du volant » et autres « Maya l'abeille » ou « Calimero ») possède également ses marionnettes, les extraterrestres Brok et Chnok.

Mais on pourrait consacrer un livre entier à la télé enfantine, car il y a aussi les feuilletons télévisés comme « Prince noir », « San Ku Kaï », « Poly » et « Les Mystères de l'Ouest »... Et les parents n'ont pas encore appris à ne pas laisser leurs enfants trop longtemps devant le petit écran : c'est le paradis !

Nous regardons aussi assidûment les images stupéfiantes rapportées par le commandant Cousteau pour le premier documentaire sous-marin, *Le Monde du silence*, coréalisé avec Louis Malle. Haroun Tazieff nous raconte les éruptions volcaniques tandis que Hubert Reeves parle des étoiles avec sa voix rocailleuse. Ces trois scientifiques feront ainsi rêver plusieurs générations d'enfants qui voudront, comme eux, explorer le monde. Enfin, il nous arrive de traîner devant le journal télévisé dont les présentateurs – d'Yves Mourousi à Christine Ockrent en passant par Claude Sérillon – créeront eux aussi des vocations.

Le Gaspi, un personnage de publicité destiné à faire éviter le gaspillage aux Français.

L'or noir et la chasse au gaspi

En 1973, un nouveau conflit éclate en Israël, durant l'une des fêtes juives les plus importantes : Yom Kippour, la fête du Grand Pardon. Cette guerre du Kippour est à l'origine du premier choc pétrolier. Les pays membres de l'OPEP décident alors d'un embargo sur les livraisons de pétrole envers les pays qui soutiennent Israël, dont la France fait partie. Le cours du baril est multiplié par quatre en l'espace de cinq mois et la panique monte chez les automobilistes. L'État français met en place une série de mesures pour réduire la consommation de pétrole, comme la limitation de vitesse. Il instaure également une mesure impopulaire, toujours en vigueur aujourd'hui : le décalage d'une heure par rapport au fuseau horaire en été, afin de profiter de l'éclairage naturel et d'économiser l'éclairage artificiel. Enfin, l'Agence pour les économies d'énergie (AEE) est créée en 1974. Mais, cinq ans plus tard, le deuxième choc pétrolier fait de nouveau grimper le prix du baril : rebelote avec les mesures et les campagnes visant à économiser l'énergie. On voit apparaître un drôle de bonhomme, le Gaspi, et Yves Lecoq chante « Chassez le gaspi, gaspi, gaspillage, / Dans tout le pays c'est la pénurie ! / Chassez le gaspi, gaspi, gaspillage, / Ce p'tit animal, d'après ce que l'on dit, / C'est lui qui nous bouffe toutes nos économies ! »

La Renault 5, voiture familiale par excellence, se vendra à plus de cinq millions d'exemplaires.

L'automobile, reine des transports

Nos parents n'ont aucun scrupule à prendre la voiture pour faire 500 mètres. Devenus accros à leur bagnole, ils réalisent leurs rêves tout en se vengeant de leur enfance, lorsque les automobiles étaient encore bien rares. En effet, ce n'est qu'après la guerre qu'est lancée la fabrication de petites voitures bon marché à la consommation réduite. En 1948, 20 000 modèles de 4CV sont vendus en France, contre 100 000 deux ans plus tard, et 1 100 000 en 1961 – un record époustouflant !

Ailleurs en Europe, il y a bien sûr les Coccinelles, développées en Allemagne par Ferdinand Porsche sur l'injonction d'Adolf Hitler, les petites Fiat 600 en Italie et, un peu plus tard, les Minis en Angleterre. Dès lors, les constructeurs automobiles ne cesseront plus de fabriquer des petites voitures bon marché, comme la Renault 5. Cette dernière connaîtra un immense succès. Dès 1980, elle représente 16 % du marché français des voitures neuves. Ce sera la première fois qu'une publicité pour une automobile fonctionne sur l'humour. Représentée dans une bande dessinée, la R5 s'adresse directement à ses acheteurs potentiels pour leur proposer de l'essayer.

C'est donc naturellement en voiture que nous partons en vacances. Il faudra se contenter de longs trajets sur les nationales, les autoroutes étant encore peu développées : les premières seront conçues en 1970 pour relier le nord au sud de la France.

Une fois arrivés à destination, qu'il est bon de retrouver son papa !

Sécurité routière

Nous n'avons pas l'autorisation de nous installer sur le siège à côté du conducteur, surnommé le « siège du mort », mais nous dormons affalés sur les banquettes arrière, la ceinture n'y devenant obligatoire qu'en 1978 – trois ans après l'obligation à l'avant. Les bouchons sont peu fréquents et plus souvent dûs à des accidents qu'à un trop grand nombre de véhicules. En effet, la démocratisation progressive de l'automobile entraîne une véritable hécatombe, et l'on commence à entendre parler de prévention routière en découvrant les chiffres alarmants annoncés au journal télévisé. C'est la grande époque des slogans publicitaires comme : « Un petit clic vaut mieux qu'un grand clac. »

En 1973, le premier choc pétrolier fait naître la hantise de voir les pompes à essence à sec. Entre 1970 et 1980, le prix du carburant va tripler. Fleurissent alors les projets d'une myriade de voitures alternatives fonctionnant autrement qu'avec le sacro-saint pétrole… Elles ne resteront qu'à l'état de concept-car – avant de ressurgir dans les années 2000. Mais les ventes de voitures ne baissent pas pour autant : 57 % des Français en possèdent une en 1970, contre 70 % en 1980.

On décore le sapin en famille.

La magie de Noël

Les Noëls des années 1970 ressemblent à s'y méprendre aux Noëls d'aujourd'hui. Sauf dans les familles catholiques pratiquantes, nos parents ne nous emmènent plus à la messe de minuit, dont ils n'ont pas gardé de très bons souvenirs. Enfants, ils devaient en effet arriver à jeun à la messe, rester immobiles dans la froide église, y patienter plus longtemps que d'habitude, avant de revenir manger en famille.

En une vingtaine d'années, le barbu vêtu de rouge a remplacé le petit Jésus, même si l'on installe encore la crèche familiale sur le buffet. En revanche, le sapin de Noël est désormais indispensable : plus il est grand et plus nous sommes contents. Nous passons du temps à le décorer, sans oublier d'accrocher une étoile à son sommet. Nous croyons dur comme fer au Père Noël et attendons avec excitation le moment d'ouvrir les cadeaux, à minuit ou le lendemain matin, c'est selon.

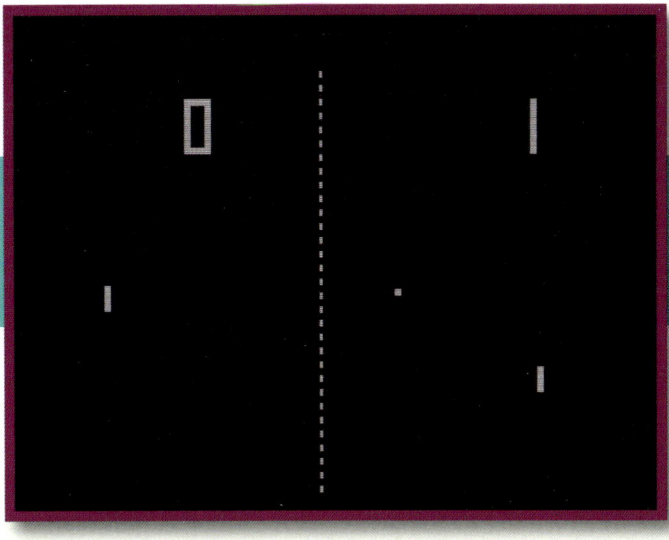

Pong, l'un des tout premiers jeux vidéo.

Jeux de mains, jeux de vilains

Pour les filles, le choix est vaste, mais elles reçoivent surtout des poupées, accompagnées de tout le matériel nécessaire pour s'en occuper : poussette, dînette, et même petits fers à repasser qui fonctionnent pour de vrai ! Les baigneurs traditionnels sont sérieusement concurrencés par les Barbie et les Charlotte aux fraises avec leur bonne odeur artificielle. Les garçons auront des Playmobil et des poupées pour garçons, comme Big Jim et Action Joe, ou des circuits de voitures.

Nos aînés découvriront avec émerveillement la mallette de magie de leur héros Garcimore, le Spirograph, le Rubik's Cube, le jeu de mémoire électronique Simon… Mais le nec plus ultra, ce que nous attendons toutes et tous, c'est la console Atari, la Video Computer System ou la Atari 2 600, sortie en 1977. Nous pourrons ainsi passer des heures devant l'écran, à nous renvoyer la balle du jeu de tennis Pong ou à défendre la terre de l'invasion des aliens de Space Invaders.

Grâce au Père Noël, plus besoin de la chaîne des parents pour écouter sa musique.

1977-1981

Les enfants de la consommation

Fais du skate, ma fille !

La compagnie des livres

Entre les livres, les magazines et les BD, nous avons de quoi lire, dans les années 1970. Nos parents nous lisent les grands classiques de leur enfance, réédités avec de belles illustrations, comme *Les Petites Filles modèles* de la comtesse de Ségur, *Vingt mille lieues sous les mers* de Jules Verne, *Robinson Crusoé* de Daniel Defoe ou la série des « Martine » de Gilbert Delahaye. Mais nous préférons les livres de la Bibliothèque rose (« Oui-Oui »,

Chronologie

14 août 1977
Manifestation et défilé de tracteurs contre l'extension du camp militaire du Larzac, décidée par Michel Debré, alors ministre de la Défense, en 1971. Le projet sera abandonné en 1981.

19 novembre 1977
Visite du président égyptien Anouar el-Sadate en Israël, où il présente devant le Parlement, la Knesset, un plan pour la paix. Les accords de Camp David seront signés un an plus tard.

16 mars 1978
Naufrage du pétrolier l'*Amoco Cadiz* au large des côtes bretonnes. Plus de 200 000 tonnes de pétrole s'en échappent.

9 mai 1978
En Italie, Aldo Moro, leader de la Démocratie chrétienne, enlevé quelques jours plus tôt par les Brigades rouges, est retrouvé assassiné dans le coffre d'une voiture.

5 mai 1979
En Grande-Bretagne, pour la première fois, le Premier ministre est une femme : Margaret Thatcher sera surnommée « la dame de fer ».

10 décembre 1979
Mère Teresa de Calcutta reçoit le prix Nobel de la paix pour son action en faveur des déshérités de l'Inde.

11 mars 1980
Marguerite Yourcenar devient la première femme à occuper un fauteuil à l'Académie française, grâce au soutien actif de Jean d'Ormesson.

18 avril 1980
Robert Mugabe devient Premier ministre du Zimbabwe, nouvel État devenu indépendant des Britanniques.

18 septembre 1981
En France, la peine de mort est abolie après un vote à l'Assemblée nationale, à 369 voix contre 113.

13 décembre 1981
En Pologne, le général Jaruzelski proclame la loi martiale et emprisonne les leaders du jeune syndicat Solidarnosc, dirigé par Lech Walesa.

On veut devenir le tireur le plus rapide de l'Ouest, comme Lucky Luke.

« Fantômette ») ou de la Bibliothèque verte, qui s'adresse aux plus âgés (« Le Club des cinq »).

C'est aussi la grande mode des livres documentaires, sur les mêmes thèmes qu'aujourd'hui ou presque : les océans, les animaux, l'espace... Certains livres sont vendus avec une version audio sur disque, qui nous permet d'écouter les histoires quand nous ne maîtrisons pas encore bien la lecture. Dans les bibliothèques de l'école et de la ville, nombreuses sont les nouveautés que nous nous arrachons.

Ce n'est pas parce qu'on aime lire qu'on en oublie les jeux vidéo.

Nous réclamons aussi un abonnement à nos magazines préférés : *Tintin*, *Spirou*, *Le Journal de Mickey*, *Picsou* et surtout *Pif gadget*, le seul magazine vendu sous film plastique, ce qui nous empêche de le feuilleter dans les kiosques à journaux, et dont nous nous demandons chaque semaine : « Qu'est-ce qu'ils vont bien avoir inventé comme nouveau gadget rigolo ? »

Une fois que nous avons un peu grandi, nous achetons pour quelques francs des publications bon marché venues des États-Unis. C'est le temps des superhéros et des histoires fantastiques. Le papier est de très mauvaise qualité et seule la couverture est en couleurs, mais qu'importe ! Vu leur prix modique, nous pouvons nous permettre d'emporter plusieurs aventures de Mandrake, Rahan et Strange.

Les bandes dessinées cartonnées nous séduisent également, et nos parents nous en achètent d'autant plus volontiers qu'ils nous les empruntent ensuite pour les lire eux-mêmes. Il y a bien sûr les classiques : Lucky Luke, Astérix et Tintin mais aussi Johann et Pirlouit, la souris Sybilline, Blueberry... Sans oublier celles qui, à l'inverse, sont destinées à nos parents et que nous leur empruntons – juste retour des choses – sans toujours tout comprendre à l'intrigue, comme *Les Aventures d'Adèle Blanc-Sec* de Jacques Tardi ou la série « L'Incal » scénarisée par Jodorowsky et dessinée par Moebius.

Et quand on en a marre de lire, il y a les célèbres albums Panini ! Nos parents râlent devant le prix exorbitant des pochettes d'autocollants, que nous collectionnons et échangeons pendant la récré pour pouvoir remplir intégralement nos albums. Il y en a sur le football, sur des films Disney ou sur des dessins animés que nous regardons à la télé. Nous les remettons régulièrement en jeu sur le bitume de la cour : pour gagner, il faut parvenir à retourner l'image en frappant dessus. Certains trichent en humidifiant leur paume avec de la salive...

Foot toujours

Depuis les premières retransmissions de matches de football à la télévision, dans les années 1950, ce sport a suscité un intérêt croissant. Nombre de petits garçons s'inscrivent dans des clubs et tapent la balle le mercredi et le week-end. Les clubs de foot sont de plus en plus nombreux, le nombre de licenciés double en moins d'une décennie.
À la fin des années 1970, la star incontestée du ballon rond en France est le numéro 10 de l'équipe nationale, Michel Platini. Mais il y a aussi Dominique Rocheteau, Alain Giresse, Marius Trésor...
En 1978, la Coupe du monde de football, qui se déroule en Argentine, passionne les foules au-delà des habituels supporters, du fait de sa dimension politique. En effet, depuis deux ans, suite au coup d'État mené par le général Videla, l'Argentine est une dictature militaire où les disparus se comptent par milliers. Nombre de pays se posent la question de leur participation. La finale aura finalement lieu dans un climat tendu, et un seul joueur boycottera le championnat : le Hollandais Johann Cruijff.

Michel Platini, l'idole des petits garçons.

Et Dieu, dans tout ça ?

La plupart de nos parents, même lorsqu'ils ont reçu une éducation catholique, ne se rendent plus à la messe le dimanche. Pourtant, nous sommes encore presque tous baptisés et envoyés au « caté ». On nous porte ainsi sur les fonts baptismaux l'année qui suit notre naissance. La cérémonie est suivie d'un repas auquel assistent parents et grands-parents, mais aussi les parrains et les marraines, de plus en plus souvent choisis parmi les amis plutôt que parmi les membres de la famille.

Entre la danse et le caté, mon cœur ne balance pas, il a fait son choix !

Quelques années plus tard, au catéchisme, le prêtre de la paroisse, un personnage un peu inquiétant vêtu de noir, nous raconte l'histoire de Jésus. Dans les grandes villes, nous ne connaissons pas le prêtre, ou si peu. C'est un anonyme, qui ne vient pas s'inviter pour le déjeuner à l'improviste comme c'était le cas avant la guerre.

Nous avons un livre de catéchisme, qui nous donne une base pour apprendre nos leçons et faire nos devoirs. Inutile de préciser que nous râlons régulièrement. Tout ce travail supplémentaire qui s'ajoute à l'école, alors qu'il y a tant de merveilleux programmes à la télé !

« Explique-moi, je ne comprends pas tout ! »

« Dis Papa, tu me lis encore *Lucky Luke* ? »

Pendant les vacances, adieu conserves et surgelés.

Adieu caté !

Nous serons nombreux à prier nos parents d'être dispensés de catéchisme, et à être exaucés. Il faut croire que leurs résistances n'étaient pas très fortes… Les pratiques religieuses sont en effet en perte de vitesse. Nos parents n'ont pas envie de nous imposer ce qu'ils n'ont pas apprécié : les communions, l'obligation d'être sage pendant la messe, les beaux habits qu'il ne faut pas salir – ni avant, ni après –, et l'horrible confession où il faut avouer ses péchés.

L'arrêt du catéchisme laisse de la place pour de nouvelles activités. Car contrairement à nos parents, nous avons des mercredis bien chargés. C'est le début du grand boom des activités pour les enfants : danse, poterie, voire couture pour les filles ; sports collectifs et arts martiaux pour les garçons.

Fumer chez soi, une habitude banale.

Un état d'esprit « libertaire »

Si Mai 68 a libéré les mœurs et les esprits, l'avènement de la société de consommation a délié les bourses. On se sent libre de penser, d'agir et d'acheter à sa guise dans une société où il est facile de travailler. Le pouvoir d'achat est en augmentation, les immeubles ont poussé très vite pour répondre à la demande criante de logements et nos parents n'ont plus peur du lendemain. Nous vivons dans un confort que nos grands-parents n'ont pas connu : en 1954, seuls 58 % des logements ont l'eau courante, contre 78 % en 1962 et 91 % en 1968. La plupart des foyers possèdent tous les appareils électroménagers autrefois si coûteux : réfrigérateur, lave-linge, mais aussi petits appareils superflus, de la yaourtière au gaufrier.

Et s'ils viennent à tomber en panne, on les jette pour en acheter de nouveaux. Nous, les enfants, nous profitons largement de ces excès : on nous offre régulièrement de nouveaux vêtements, des jouets, des magazines… La société de consommation est à son apogée et la publicité prolifère, s'affichant sur des supports toujours plus variés, comme les bus et les abribus.

À l'époque, liberté et consommation vont encore de pair concernant le tabac. On fume partout : chez soi, dans la voiture (la fenêtre vaguement ouverte pour ne pas trop enfumer les enfants à l'arrière), en prenant le métro et l'avion… On parle encore très peu des méfaits du tabac et encore moins du tabagisme passif. Les cancers causés par la cigarette ne font pas encore peur, et il n'est pas rare de voir son médecin lui-même fumer pendant la consultation.

Le chat n'est pas très sûr d'avoir envie d'être là.

Chien, chat ou cochon d'Inde ?

Puisque Françoise Dolto nous a accordé le droit à la parole, voire celui d'être exigeant, nous en profitons ! Qu'on supplie nos parents avec un air boudeur ou qu'on leur fasse des yeux de merlan frit, tous les moyens sont bons pour obtenir, comme les copains, un animal domestique. Nous regardons chaque semaine l'émission « 30 millions d'amis », diffusée depuis 1976 et révélatrice de cet engouement pour ce qu'on ne considérait auparavant que comme des bouches de plus à nourrir.

En effet, dans la génération de nos parents, on avait un chat pour se débarrasser des rongeurs – et il n'était pas rare de se prêter le matou de maison en maison – et un chien pour aider à la chasse ou pour garder le troupeau de bêtes. Grâce aux Trente Glorieuses, on ne pense plus en terme de dépenses supplémentaires. L'augmentation du nombre de compagnons à poils ou à plumes est impressionnant. On compte 3 millions de chiens en 1900, contre 7 millions dans les années 1970 (et 8 millions aujourd'hui).

C'est le cœur battant que nous nous rendons au chenil le plus proche pour choisir un chien ou un chat. À la maison, l'animal sera bien entendu gâté : on lui donnera à manger les restes des repas – restes qui n'existaient pas auparavant puisqu'on finissait tous nos plats – et on le laissera dormir avec nous dans notre lit.

Mais prendre un animal lorsqu'on a déjà un emploi du temps chargé n'est pas toujours facile, et les abandons se multiplient. La société protectrice des animaux (SPA) a du pain sur la planche et réussit à faire voter en 1976 une charte des animaux, qui stipule notamment que « tout animal, étant un être sensible, doit être placé par son propriétaire dans des conditions compatibles avec les impératifs biologiques de son espèce ». D'autre part, de nouveaux animaux de compagnie apparaissent dans les animaleries, comme les rongeurs et les oiseaux, plus petits et plus faciles à vivre.

30 millions de personnes ont les yeux rivés sur le débat opposant François Mitterrand à Valéry Giscard d'Estaing.

L'élection présidentielle de 1981

À 10 ans, on ne peut pas vraiment dire que l'on s'intéresse déjà beaucoup à la politique… Pourtant, en 1981, il est impossible – même pour les enfants – de rester à l'écart de cet événement qui s'avèrera historique. Dans les familles où les parents ne partagent pas les mêmes idées, on mène des débats acharnés et chacun prédit la victoire du cheval sur lequel il a misé. Il y a de l'électricité dans l'air : dans les foyers, dans la rue, sur les marchés, tous se demandent s'il serait vraiment possible que la gauche prenne le pouvoir, ce qui ne s'est pas encore produit depuis l'instauration de la Ve République.

Dans les cours de récré, nous reprenons les arguments de nos parents et discutons comme des grands des programmes des candidats, même si nous les trouvons tous un peu barbants. Tous, sauf un. Celui qui nous fait bien rire porte une salopette rayée, s'appelle Coluche et scande des slogans rigolos : « Jusqu'à présent la France est coupée en deux, avec moi, elle sera pliée en quatre ! » ou « Le seul candidat qui n'a aucune raison de vous mentir ! » À notre grand désespoir, sa campagne tournera court, Coluche ayant renoncé à l'élection suite à des pressions subies de la part du Parti socialiste...

Désormais, nous sommes assez grands pour accompagner nos parents au bureau de vote. C'est drôle de voir notre école ainsi transformée, de se glisser dans l'isoloir et d'entendre le très solennel « A voté ». Puis les résultats du premier tour tombent : le candidat socialiste, François Mitterrand, reste bien en lice avec 25,8 % des suffrages, contre 28,3 % pour Valéry Giscard d'Estaing. C'est l'euphorie : nous sommes tous rivés au petit écran pour suivre le débat de l'entre-deux-tours. Quand on a 10 ans, difficile de rester de marbre devant cet homme qui ose dire au président de la République : « D'abord je n'aime pas beaucoup ces manières, je ne suis pas votre élève et vous n'êtes pas le président de la République ici, vous êtes simplement mon contradicteur. » Nous le mimerons le lendemain devant les copains...

Et puis, le 10 mai 1981, nous voyons apparaître le visage de François Mitterrand sur l'écran de télévision. Pour certains c'est le désespoir, pour d'autres l'euphorie. On entend des cris de joie et des klaxons toute la nuit. Même si nous étions encore enfants, nous nous rappellerons toujours de cette nuit de 1981 et des premières mesures prises par la gauche, comme la suppression de la peine de mort et les grandes nationalisations.

Mitterrand a gagné ? Youpi !

Le centre national d'art et de culture Georges-Pompidou, communément appelé centre Beaubourg, et ses nombreux tuyaux.

Pom-pom-pidou

« Hangar de l'art », « Pompidolium » ou encore « Notre-Dame de la Tuyauterie » sont les divers noms d'oiseaux dont se voit affublé le nouveau centre d'art contemporain avant même d'être inauguré. Le projet, lancé par Georges Pompidou en 1969 afin de doter Paris d'un lieu important dédié à l'art contemporain, sera vivement contesté sur le plan de l'architecture, conçue par Renzo Piano et Richard Rogers.
Rectangle de 40 de mètres de haut sur 166 de long et 60 de large, le bâtiment rebute surtout à cause de ses tuyaux apparents peints de couleurs vives et son immense escalier mécanique extérieur.
L'emplacement choisi, en plein cœur de la capitale, était initialement prévu pour une bibliothèque publique. Le président décidera d'abriter les deux structures – musée et bibliothèque – dans un même lieu.
La construction prendra six années et Georges Pompidou, mort en 1974, n'en verra pas la fin. Inauguré par Valéry Giscard d'Estaing en présence de nombreux chefs d'État, le centre attirera 20 000 visiteurs dès les jours suivants. Trente ans plus tard, avec une moyenne de 6 millions de visiteurs par an, il deviendra le troisième site le plus visité de France, après le musée du Louvre et la tour Eiffel.

1982-1985

Éprouvettes et épaulettes

En solo ou en groupe, on joue de la musique.

Faites de la musique !

Qui n'a pas eu au moins un ami qui jouait de la musique ? Les trois instruments privilégiés par la jeunesse sont alors la guitare, le synthétiseur et la batterie. Entre copains, on se réunit dans des caves reconverties en studios pour faire des « bœufs ». Les plus aisés se paient même des séances en studio pour

Chronologie

12 juin 1982
À New York, plus d'un million de personnes manifestent à Central Park pour protester contre la course aux armements que mènent différentes puissances mondiales.

20 juin 1982
Après 72 jours de combats, les militaires argentins capitulent dans le conflit les opposant aux Britanniques pour regagner les îles Malouines.

25 janvier 1983
Klaus Barbie, ancien chef de la Gestapo, surnommé « le boucher de Lyon », est arrêté en Bolivie. La France espère l'extrader pour pouvoir enfin le juger.

5 juin 1983
Yannick Noah remporte le tournoi de Roland-Garros. C'est la première victoire d'un Français depuis 1946 (Marcel Bernard).

10 août 1983
Suite à l'appel du président Hissène Habré, la France envoie des troupes de parachutistes au Tchad afin d'éviter un conflit avec la Libye.

24 juin 1984
En France, plus d'un million de personnes manifestent contre le projet de loi Savary, pour défendre l'école privée.

31 octobre 1984
En Inde, Indira Gandhi, le Premier ministre, est assassinée par deux de ses gardes du corps sikhs. Un million de personnes assisteront à ses funérailles.

3 décembre 1984
En Inde, à Bhopal, l'explosion d'une usine de pesticides appartenant à la multinationale américaine Union Carbide fait plusieurs milliers de morts.

4 avril 1985
En désaccord avec l'adoption du scrutin proportionnel aux législatives de 1986, le ministre de l'Agriculture, Michel Rocard, claque la porte du gouvernement.

22 septembre 1985
Au bout de dix ans de négociations, l'artiste Christo obtient l'autorisation d'emballer le Pont-Neuf à Paris, ce qui nécessitera 40 000 m² de toile.

Jack Lang et François Mitterrand face à l'art contemporain.

répéter, ou enregistrer des morceaux sur des cassettes qu'ils monnaieront dans la cour du lycée. Certains donnent de petits concerts dans des salles ravies de trouver là une petite source de revenus.

Et puis, le 21 juin 1982, Jack Lang, ministre de la Culture, lance la fête de la Musique. C'est l'euphorie ! Chaque coin de rue est occupé, chaque café accueille un groupe. Tout le monde descend dans la rue pour écouter ses copains, bien sûr, mais aussi des petites formations à la notoriété naissante comme Jad Wio ou

Les Têtes raides. Ils seront ainsi quelques-uns à se faire repérer par une maison de disques. Notre génération aura du mal à s'habituer à la tournure que prendra cette fête au fil des années, avec de grandes plateformes accueillant des célébrités internationales à grands coups de sponsors. L'esprit amateur aura vite disparu.

La mode des années 1980

Jeans élastiques, manches bouffantes, couleurs flashy… Les créateurs s'en donnent à cœur joie. La fantaisie descend dans la rue, et les looks déstructurés comme les tailleurs à épaulettes se répandent chez les femmes comme chez les hommes. L'excentricité est devenue un jeu et chacun s'amuse à se créer son propre style.

D'étranges vêtements apparaissent, dont certains disparaîtront tout aussi vite, comme les pulls chauve-souris ou les écharpes ressemblant à un large col que l'on enfile par la tête et qui donnent l'apparence d'un tuyau de poêle. Les mannequins deviennent des stars et détrônent les actrices en couverture des magazines : c'est l'émergence des top-models comme Claudia Schiffer ou Naomi Campbell. Quant aux jeunes, ils restent adeptes des jeans et des t-shirts, mais s'attachent de plus en plus à des marques, et accordent une importance croissante à leur apparence, qui doit coïncider avec leur origine sociale ou leur orientation politique. Les garçons BCBG portent des Tod's, des polos Lacoste et des écharpes Burberry's ; les branchés, des blousons en cuir Chevignon et des perfectos Schott ou Teddy ; les extrémistes de droite comme de gauche, des Dr. Martens montantes. Il y en a aussi qui ne quittent jamais leur pantalon de jogging et leurs baskets préférées. Quant aux filles, en pleines années frime, elles portent du New-Man, du Benetton, des chaussures Bensimon et des gilets Agnès B.

Un blouson en cuir noir = cool et dur à cuire.

Flashdance nous fait rêver.

L'amour impossible de Ren et Ariel dans *Footloose*.

La petite voleuse

La grande mode entre filles, outre les discussions interminables et les flâneries dans les rues, est de voler une bricole par-ci par-là dans un magasin pour se donner des frissons et prouver qu'on est cap' de le faire. Ce que nous récoltons n'a guère d'importance : bijoux de pacotille, gloss aux parfums étranges, papeterie… Nous faisons aussi un peu de sport – piscine, vélo, modern jazz – plus pour nous divertir que dans un réel souci esthétique ou physique. Nous n'oublions pas de nous cultiver en allant voir des blockbusters américains au cinéma. Nous apprécions les films musicaux qui « cartonnent » depuis peu, comme *Footloose* de Herbert Ross ou *Flashdance* d'Adrian Lyne, mais aussi des films d'art et d'essai comme *Metropolis* de Fritz Lang, réalisé en 1927, ressorti en 1984 avec des couleurs et une bande-son.

Mort cachée, mort taboue

À cette époque de libération des mœurs où des femmes dévoilent leur corps sur de grandes affiches publicitaires, ce n'est plus le sexe qui est tabou, mais la mort. On se souvient de cette campagne d'affichage menée en plusieurs étapes, montrant une jeune fille en maillot de bain se dénudant peu à peu (« Le 2 septembre, j'enlève le haut » puis « Le 4 septembre, j'enlève le bas ») pour vanter les mérites de l'afficheur Avenir ; et des affiches suggestives pour le Minitel rose.

Quant à la mort, on la cache d'autant plus que l'on sait désormais faire face, grâce aux progrès de la médecine, à un nombre croissant de maladies. Pour nous, les morts sont ceux que l'on voit au journal télévisé ; les autres sont pris en charge par les hôpitaux. En effet, on ne meurt plus chez soi, et c'est la fin des veillées funéraires où les amis et la famille venaient dire au revoir au disparu, moment privilégié de partage où tous, grands et petits, côtoyaient la mort.

À l'hôpital, les proches assistent rarement à la mort, et les enfants sont la plupart du temps interdits de visite. Il arrive que même les mourants qui préféreraient mourir chez eux, dans leur lit, soient quand même hospitalisés au nom de la foi en la science : la mort n'est pas acceptable, les médecins pourront toujours tenter de faire reculer l'inévitable. Les enfants ne sont généralement pas non plus conviés à l'enterrement, ce qui sera critiqué plus tard par bien des psychiatres, l'enterrement étant considéré comme un rituel indispensable pour le travail de deuil d'une personne aimée.

Les cimetières se dépeuplent.

Les files d'attente devant les cinémas, ici le Grand Rex, sont alors monnaie courante.

La conquête de l'espace

Depuis le lancement du premier satellite artificiel en 1957 et les premiers pas sur la Lune en 1969, même si la science-fiction n'est pas née d'hier, l'espace envahit notre quotidien. À la télé, nous regardons les aventures d'Astro le petit robot et le feuilleton kitsch « San Ku Kaï ». L'émission « L'Avenir du futur », présentée par Robert Clarke, comprend un film de science-fiction et un débat visant à vulgariser des thématiques scientifiques liées au film. Nous écoutons avec émerveillement les frères Bogdanov nous expliquer les mystères de l'univers dans « Temps X » – même si, il faut bien l'avouer, nous n'y comprenons pas grand-chose. Le film de Stanley Kubrick, *2001 : L'Odyssée de l'espace*, que nous avons vu lors de sa retransmission à la télé, ne nous paraît pas beaucoup plus clair.

R2-D2 et C-3PO : tous les enfants connaissent le petit nom de ces robots.

En revanche, nous attendons avec impatience le dernier film de la trilogie *Star Wars* créée par Georges Lucas. Sorti en 1977, le premier volet de la série comportait 350 plans à effets spéciaux, contre une trentaine pour le film de Kubrick. Et cette fois, nous sommes assez grands pour aller le voir au cinéma, prêts à affronter une file d'attente interminable.

Dans les cours de récré, à la maison, nous jouons aux Jedi. Les filles ont enfin un rôle à leur mesure : une vraie princesse avec une coiffure incroyable, qui n'est pas une potiche, a du répondant et se bat ! Quant aux petits garçons, ils répondent tous « astronaute » à la question de savoir ce qu'ils veulent faire plus tard – aux oubliettes, le pompier !

On commence par la conquête de l'eau.

Vacances, j'oublie tout

Alors que nos parents passaient toutes leurs vacances chez leurs grands-parents ou avec les scouts, nous les passons en colo, en râlant. Les colonies, c'est bon pour les petits, ou à la limite pour y travailler, plus tard, avec le brevet d'aptitude aux fonctions d'animateur de centres de vacances et de loisirs (BAFA), qui nous permettra de partir au soleil ou à la montagne tout en gagnant de l'argent de poche. Pourtant, les colonies de vacances se sont progressivement spécialisées, et il y en a désormais pour tous les goûts : équitation, voile, ski…

Pendant les vacances avec nos parents, nous profitons aussi de la démocratisation des transports aériens. Ils nous l'avaient bien dit quand nous étions

L'alliance improbable de la maxi-tente et de la couleur orange.

petits : « Vous verrez, plus tard, vous prendrez l'avion comme nous prenons le train. » C'est arrivé plus tôt que prévu, et les plus chanceux d'entre nous s'élancent dans le ciel vers des destinations de rêve, à des tarifs de plus en plus bas.

C'est bien là tout l'intérêt de passer une partie de l'été avec nos « vieux », car nous commençons déjà à réclamer notre indépendance et à partir avec les copains en camping ou dans la maison familiale d'un des membres de notre bande. Les parents accèdent plus facilement aux demandes des garçons qu'à celles des filles – on ne sait jamais ce qui peut arriver, la liberté sera pour plus tard. Et pendant que les garçons font la fête avec leurs copains, les filles doivent se trouver rapidement des amis sur leur lieu de vacances, avant le retour et l'échange des adresses : on se reverra, on s'écrira – belles promesses, rarement tenues !

C'est aussi la grande mode des correspondants étrangers. Que ce soit avec le collège ou via des organismes privés, nous échangeons des lettres, généralement avec quelqu'un qui parle la langue que nous apprenons au collège. Il est rare que nous tombions dans une famille qui ressemble à la nôtre. Nous devons alors nous habituer à des coutumes, une cuisine et des

loisirs différents... Et même si nous revenons en ronchonnant de ces vacances pas toujours à notre goût, cela nous apporte une ouverture d'esprit et un goût pour les voyages. C'est sûr, l'avion, nous le reprendrons !

L'avion permet de se rendre sur des plages lointaines.

Vivent les éprouvettes

À la fin du mois de février 1982, c'est un bébé qui fait la une des journaux français, une petite fille au doux prénom d'Amandine. Sa particularité ? Être née grâce à une technique toute récente, la fécondation in vitro (FIV). Ce n'est pas une première mondiale : Louise Brown, le premier « bébé-éprouvette », est née en 1978 en Angleterre. Les Américains et les Indiens ont eux aussi déjà réalisé cette prouesse médicale. Mais cocorico et battage médiatique obligent, nous n'entendons parler que d'Amandine.

Le sujet passionne les foules et, dans les années à venir, nous verrons régulièrement des documentaires sur ce sujet et des familles raconter leur joie... ou leur désespoir de se retrouver soudain avec une famille très nombreuse ! Car les médecins implantent plusieurs embryons et il arrive que tous se développent.

On se réjouit, mais on a aussi un peu peur. Les rumeurs les plus folles courent sur les prouesses biologiques telles que la FIV ou le clonage, bien que le premier clonage d'une brebis n'ait été effectué que quatorze ans plus tard. Jusqu'où ira t-on ? Pourrons-nous choisir le sexe de nos enfants ? Est-ce souhaitable ? Quelles seront les dérives ? Qu'arrivera-t-il si un fou a ces nouvelles possibilités à sa disposition ?

En 1983 est créé le Comité consultatif national d'éthique, qui rend régulièrement des rapports visant à aiguiller les législateurs et à ne pas laisser la machine s'emballer sans contrôle. La France se range parmi les pays frileux et interdit par exemple aux femmes de porter les embryons d'autres couples – une question qui fait encore débat aujourd'hui.

La technologie à la française

Le TO7, ordinateur de Thomson, avec son crayon optique.

Dans les années 1980, la France innove dans le secteur de la technologie. Sa grande fierté est le Minitel, développé par le ministère des Postes et Télécommunications. Dès 1978, le pays décide de se doter d'un système composé de terminaux bon marché, permettant d'accéder à des pages de textes selon le système Vidéotex. Au terme de plusieurs années de test, 120 000 terminaux sont disponibles gratuitement dans les agences France Télécom. Le Minitel rencontre très vite un grand succès : annuaire téléphonique, vente de billets de train et sites de rencontres sont les trois services les plus utilisés. Il s'éteindra avec l'arrivée d'Internet.

Le Minitel, une spécificité française.

Proposé en compatibilité avec le Minitel, l'ordinateur à la française, le TO7 de Thomson, permet d'éviter l'achat d'un moniteur en se branchant sur un poste de télévision. Au-dessus du clavier, une trappe comporte un crayon optique. Distribué dans les écoles des grandes villes suite au plan « Informatique pour tous » lancé par Laurent Fabius, cet ordinateur a marqué des générations d'enfants. Mais dans la course au progrès informatique, Américains et Japonais tueront vite dans l'œuf une industrie française trop fragile.
Enfin, il y a le train à grande vitesse, le TGV. La SNCF planche dès les années 1960 sur un équivalent du Shinkansen japonais. En 1974, le gouvernement opte pour une première ligne reliant Paris et Lyon, qui verra le jour sept ans plus tard. En vingt-cinq ans, la France en vendra 96 rames.

Fiestas, drogues et... baccalauréat

1986-1989

À nous les grands espaces !

Le lycée pour tous

« Tu vas t'abîmer le dos avec ce sac ! » Tournant ce même dos aux récriminations maternelles, nous prenons le chemin du lycée, le sac bourré de livres et de cahiers que nous maltraitons, car il est hors de question de prendre soin de nos affaires – qu'importe, on nous en rachètera d'autres. Le sac tant décrié est une besace de type militaire : le sac US. Kaki ou noir, il

Chronologie

28 janvier 1986
La navette spatiale américaine *Challenger* explose en plein vol. Elle transportait six astronautes et une institutrice, Christa McAuliffe, choisie pour devenir la première « citoyenne de l'espace ».

22 mars 1986
Victoire de la droite aux élections législatives. François Mitterrand décide de ne pas dissoudre l'Assemblée et nomme Jacques Chirac Premier ministre.

29 juin 1986
À Mexico, l'équipe argentine de football, menée par Diego Maradona, remporte la finale de la Coupe du monde contre la RFA.

28 mai 1987
Un jeune pilote de RFA parvient à se poser à bord de son monomoteur sur la place Rouge de Moscou sans se faire détecter par les radars russes.

19 octobre 1987
Panique à Wall Street : le Dow Jones, indice de la bourse de New York, fait une chute spectaculaire et déstabilise les places financières mondiales.

4 mars 1988
Dans la cour Napoléon du Louvre, François Mitterrand inaugure la pyramide de verre très controversée conçue par l'architecte Ieoh Ming Pei.

27 septembre 1988
Une commission médicale affirme que Ben Johnson, vainqueur quelques jours plus tôt de l'épreuve du 100 mètres aux Jeux olympiques de Séoul, s'était dopé.

16 novembre 1988
Élection de Benazir Bhutto, la fille de l'ancien Premier ministre Ali Bhutto exécuté par le président Zia, comme Premier ministre du Pakistan.

14 février 1989
L'ayatollah Khomeini édicte une fatwa demandant l'exécution de Salman Rushdie, coupable selon lui d'avoir profané l'islam dans son livre *Les Versets sataniques*.

4 juin 1989
Sur la place Tienanmen, massacre des étudiants chinois venus manifester pour demander des funérailles nationales pour le réformateur Hu Yaobang, limogé deux ans plus tôt.

convient de le customiser pour ne pas paraître ridicule. On le perce au compas, on le décore au feutre ou au Typex et on le leste de toutes sortes de badges à l'effigie de nos groupes de musique préférés. On va même jusqu'à sortir fil et aiguille pour y coudre des pièces de tissu originellement destinées à repriser nos pantalons lorsque nous étions petits.

Nos trousses, un rectangle de tissu fermé par une fermeture Éclair, sont dans le même état que nos sacs – recouvertes de taches d'encre. En effet, nous utilisons encore ces stylos à plume qui bavent et dans lesquels les filles insèrent des cartouches de toutes les couleurs – bleu turquoise, rose, violet…

L'entrée au lycée n'est plus réservée à une élite. Un très grand nombre d'ados, quelle que soit leur condition sociale, iront jusqu'au baccalauréat, tournant le dos aux filières techniques, BEP et CAP. Cette révolution n'est pas sans conséquence sur le parc scolaire : il n'y a pas assez d'établissements et l'on se met à en construire à la va vite. L'enseignement a lui aussi bien changé : les profs sont plus accessibles et moins autoritaires. Il n'y a plus que les profs de la vieille garde pour nous faire entrer dans la classe en rang par deux et nous terroriser en nous envoyant au tableau dans un silence de mort. Labos de langue et de sciences, salle de visionnage (un grand mot pour qualifier l'endroit où se trouvent la télé et le magnétoscope)… les lycées disposent de tout un arsenal pour nous motiver.

Première manifestation de malades à San Francisco, en 1983.

Un mal inconnu

En 1981, les médias commencent à parler d'un nouveau mal qui semble n'affecter que des homosexuels, sous différentes formes – pneumonie, cancer. La communauté scientifique soupçonne que ces morts ont la même cause, car les symptômes de leurs patients sont très proches. Américains et Français se mettent à travailler sur ce qu'on appelle alors le « Gay Syndrome ». Quelques mois plus tard, des personnes hémophiles et toxicomanes sont contaminées par la maladie, fournissant ainsi des indices sur sa propagation : voies sexuelle et sanguine. On la baptise alors « syndrome d'immunodéficience acquise » (sida ou aids en anglais). Les populations se sentent à l'abri de ce mal qui ne touche que les marginaux ; la maladie étant considérée comme honteuse et lointaine, les gouvernements ne mettent en place aucune mesure de santé publique ou d'information spécifique.

Il faudra attendre quelques années pour qu'émerge une véritable volonté d'éradiquer la maladie : tests de dépistage gratuits, communication, centre de soins dédiés aux malades… Pendant ce temps, les recherches se poursuivent : l'équipe de Luc Montagnier en France entre dans une étrange concurrence avec celle de Robert Gallo aux États-Unis.

Mais le nombre de malades augmente et il n'existe aucun espoir de guérison. Diverses associations sont créées et des conférences internationales organisées, afin de récolter des fonds, d'informer, de faire reculer la maladie, de répandre l'idée que le virus ne se transmet ni par un simple baiser, ni par la piqûre d'un moustique… Selon les estimations actuelles de l'Organisation mondiale de la santé (OMS), environ 30 millions de personnes sont séropositives dans le monde. 2,5 millions de personnes sont contaminées chaque année, 2 millions de personnes en meurent. Malgré des traitements lourds et complexes et la difficulté à mettre au point un vaccin, l'espoir subsiste de mettre un jour un terme à cette pandémie.

ANNÉE SCOLAIRE 1987 - 1988

CARTE D'ACCÈS AU RESTAURANT
DU LYCÉE BUFFON

Nom : AZNAR
Prénom : Gwenaëlle
Classe : 2de 1

Numéro d'inscription à la demi-pension
922

Pour se rendre au self, il faut sa carte de cantine.

Le camping entre copains, le pied !

Absentéisme et manifs

Les classes de lycée sont surchargées d'élèves : trente en moyenne, parfois plus. Il nous arrive de sécher sans vergogne quelques heures de cours – nous savons imiter la signature de nos parents depuis le collège, et inventer des motifs bidons à nos retards et absences. Nos parents s'indignent mollement quand le professeur principal ou le directeur les appellent pour signaler nos absences répétées. À la fin des cours, les fumeurs allument leurs clopes dans la cour de récréation et jettent leurs mégots par terre avant de se rendre à la cantine, qui ressemble désormais aux selfs d'entreprise. Nous nous réunissons parfois dans la salle laissée à la disposition des élèves, dont les murs sont recouverts de tags et d'affiches en tout genre.

C'est dans cette même salle que se préparent les manifs contre le projet Devaquet. Ce ministre délégué auprès du ministre de l'Éducation nationale

Deuxième manifestation en 1986 contre le projet de loi Devaquet.

Le walk-man fait un tabac.

préconise de sélectionner les étudiants à l'entrée de l'université. Dans la cour du lycée, nous écoutons les arguments clamés au mégaphone par les plus politisés d'entre nous. Tous en discutent, y compris les profs. Et nous décidons d'aller crier notre mécontentement dans les rues – une absence de plus ou de moins…

Le mouvement prend de l'ampleur au fur et à mesure des manifestations. Les CRS chargent régulièrement, laissant à chacun sa petite histoire à raconter, entre gaz lacrymos et réflexes salvateurs. Le 27 novembre, le mouvement rassemble 200 000 étudiants et lycéens à Paris et 400 000 en province. On chante : « Devaquet si tu savais, ta réforme où on se la met… »

Et puis, le 6 décembre 1986, un étudiant meurt suite aux coups infligés par deux policiers. Le projet Devaquet est retiré et le ministre démissionne.

On manifestera une dernière fois, le 10 décembre, en silence, pour rendre hommage à Malik Oussekine, l'étudiant tué lors de la manifestation. Crime raciste ? Dans le doute, certains d'entre nous arborent la main jaune frappée du slogan « Touche pas à mon pote » de l'association SOS racisme.

La rue Monsieur le prince rebaptisée « rue Malik Oussekine ».

La catastrophe de Tchernobyl

Le 26 avril 1986, la planète entière est sous le choc : l'un des réacteurs de la centrale nucléaire de Tchernobyl, en Ukraine, a explosé. C'est le premier accident de cette ampleur et personne ne sait exactement quelles en seront les conséquences. Les journaux suivent tant bien que mal, relatant les faits jour après jour, tandis que les lecteurs se familiarisent peu à peu avec des notions autrefois inconnues, comme la radioactivité et le becquerel. Nous nous rappellerons tous avoir vu ces images à la télévision : des équipes techniques et scientifiques interviewées dans l'enceinte de l'usine, avec pour seule protection une blouse blanche. Nous apprendrons leur mort quelques années plus tard, du fait des radiations auxquelles elles ont été exposées.

En France, où le nucléaire est bien installé, une psychose s'installe. Spécialistes et politiques se relaient pour tenter de rassurer la population en martelant que le nucléaire français ne comporte aucun risque. Les associations en profitent pour relancer le débat sur les dangers des centrales.

Pourtant, cette centrale inspirait vraiment confiance !

Dans cette ambiance tendue, un nouvel élément vient alimenter les peurs collectives : le vent qui va d'est en ouest et risque d'apporter en France un nuage chargé de radiations. Cette catastrophe, qui semblait jusqu'alors très lointaine, pourrait bien nous retomber sur le nez, nous contaminer et empoisonner nos cultures. Les émissions météo remportent des records d'audience – même nous, les ados, les suivons avec attention.

Jour après jour, le nuage se rapproche dangereusement, jusqu'à ce que Brigitte Simonetta, présentatrice d'Antenne 2, montre une carte de France avec un panneau « Stop » à la frontière allemande. Le nuage s'y serait miraculeusement arrêté, stoppé net par l'anticyclone des Açores. Personne n'est dupe et cette mystification ne fait qu'empirer les choses. Aucune mesure ne sera prise, puisque officiellement il n'y a aucun danger.

Désormais, nous savons que nous ne saurons rien sur les risques encourus en France. À Tchernobyl, l'évacuation des populations s'est faite tardivement, et elles continueront durant des années à consommer de la nourriture empoisonnée. Certains reviendront même habiter chez eux alors que les taux de radioactivité restent dangereux. En France, les médecins seront témoins d'une curieuse augmentation de pathologies liées à la thyroïde…

Le Mur n'est plus ? Vive le Mur !

« Les voyages à titre personnel vers l'étranger peuvent être entrepris sans conditions (motif du voyage et condition de parenté). Les autorisations seront données dans de brefs délais. Les services compétents de la Volkspolizei ont pour ordre d'accorder immédiatement les autorisations de quitter le territoire, même sans que les conditions pour une sortie du pays soient remplies. [...] Les sorties du pays sont possibles par tous les points de passage de la RDA vers la RFA comme vers Berlin-Ouest. » Cette déclaration de Günter Schabowski, membre du comité central du SED au pouvoir en RDA, lors d'une conférence de presse filmée le 9 novembre 1989, précipite les foules vers les postes frontières. Les gardes laisseront passer les Berlinois, et dès le lendemain matin, on commencera à détruire le mur de Berlin.

Les images, bouleversantes, sont diffusées dans tous les journaux télévisés. En Europe, nombreux sont ceux qui souhaitent assister à cet événement si exceptionnel et émouvant. Les aéroports et les gares sont pris d'assaut, des embouteillages monstrueux se forment, mais quelle satisfaction d'avoir pu en être ! Tout le monde veut un morceau du Mur, si petit soit-il. Qui aurait pu croire que ce mur coupant Berlin en deux, érigé vingt-huit ans auparavant, allait devenir si populaire et si demandé ?

Un bon jour pour vendre des marteaux.

Eurythmics en 1986.

L'aérobic, c'est tout le temps.

En avant la musique !

« I can't get no satisfaction » : petits, nous avons été bercés par les grands groupes des années 1970. Impossible de passer à côté des Rolling Stones, des Beatles et des Doors, en passant par Led Zeppelin et Aerosmith. Nous les apprécions toujours, mais cela reste la musique de nos parents, et la production musicale qui s'offre à nous est riche. Il y en a pour tous les goûts, de la pop au rock en passant par la new wave ou la variété française. Les groupes et les chanteurs, quelle que soit leur nationalité, ont des dégaines qui font aujourd'hui sourire : Desireless et Jeanne Mas ont chacune leur coupe en brosse, Boy George se maquille et certains membres de Depeche Mode, de même qu'Annie Lennox d'Eurythmics, se teignent les cheveux.

C'est aussi la grande époque des chansons libertines, qui se veulent choquantes : en France, Mylène Farmer chante « Sans contrefaçon. / Je suis un garçon » tandis qu'aux États-Unis, Madonna, vêtue de t-shirts en maille noire qui laissent voir ses soutien-gorge, scande *Like a Virgin*. Les « rebelles » du lycée reprennent rapidement son look, et les vendeurs de bracelets noirs sont aux anges... Nombre de chanteurs et de groupes éphémères émergent alors pour plafonner quelques semaines au Top 50, puis disparaître rapidement avant de refaire surface une ou deux décennies plus tard, comme Axel Bauer et son *Cargo de nuit*.

Le Top 50, hérité des *charts* anglo-saxons, arrive en effet en France dans les années 1980 : les chansons y sont classées selon les ventes. Sur Antenne 2, il est présenté par Groucho, Chico et leurs moustaches, tandis que sur Canal+, Marc Toesca commence toutes ses émissions par un « Salut les p'tits clous ! » en référence au courrier des lecteurs qu'il reçoit, parfois adressé à Marteau Esca.

Également venues des États-Unis, les chaînes musicales fleurissent, et l'on passe nos journées devant des clips tournés avec toujours plus de moyens et dont l'originalité va croissante – MTV arrive ainsi en France en 1988. Sur les chaînes classiques, on regarde aussi l'émission mythique « Les Enfants du rock » présentée par Philippe Manœuvre et Jean-Pierre Dionnet, qui se verra remplacée par « Lunettes noires pour nuits blanches » avec Thierry Ardisson. La musique dans les années 1980 ? Incontournable !

Teinture et look androgyne pour Depeche Mode, en concert à Londres en 1984.

On boit, on fume, on se déguise, on fait les fous.

Dernières révisions pour le bac...

Génération fêtards, génération pétards

Nous obtenons toujours plus de libertés – et cette fois, les filles ne sont pas en reste. Nous avons le droit de voir nos copains, de veiller tard le week-end et de passer la nuit ailleurs qu'à la maison, avec quelques précautions tout de même : « Tu vas chez qui ? Laisse-moi leur numéro de téléphone, tu vas rentrer tard ? Il y aura qui à cette soirée ? »

Les parents nous abandonnent parfois les clés de leur domicile pour nous laisser y organiser une fête, à condition que l'état des lieux du départ ressemble à celui de l'arrivée... C'est le moment propice pour discuter, écouter de la musique et goûter à des plaisirs illicites. On commence par l'alcool et les cigarettes, puis on continue avec des pétards. Rares sont celles et ceux qui n'ont jamais tiré quelques bouffées d'un joint pendant une soirée. Il y a ceux qui fument occasionnellement, ceux qui fument à toutes les fiestas et ceux qui tirent sur leur joint dès le matin. Ces consommateurs quotidiens, dont toutes les conversations tournent autour de la marijuana (provenance, fiabilité des dealers, prix, entourloupes), deviendront nos garde-fous : nous n'avons pas vraiment envie de leur ressembler.

D'autres vivent leurs premières raves, ces grandes manifestations improvisées qui viennent de faire leur apparition. On entend parler *via* le bouche à oreille du lieu où sera

La Love Parade, digne héritière des raves.

organisée la prochaine, on ne sait jamais combien on y sera. La sono balance à fond un nouveau genre de musique, électronique, qui nous vient des États-Unis. Nous dansons, en transe pendant toute la nuit, après avoir avalé des petits cachets de toutes les couleurs. À Paris, on improvise des fêtes dans les catacombes, en banlieue, dans des carrières abandonnées, des grottes... Et les parents ? Ils sont bien loin de se douter de nos nouvelles activités, nous échappons à leur contrôle. Ils nous ont lâché la bride, et nous l'avons prise...

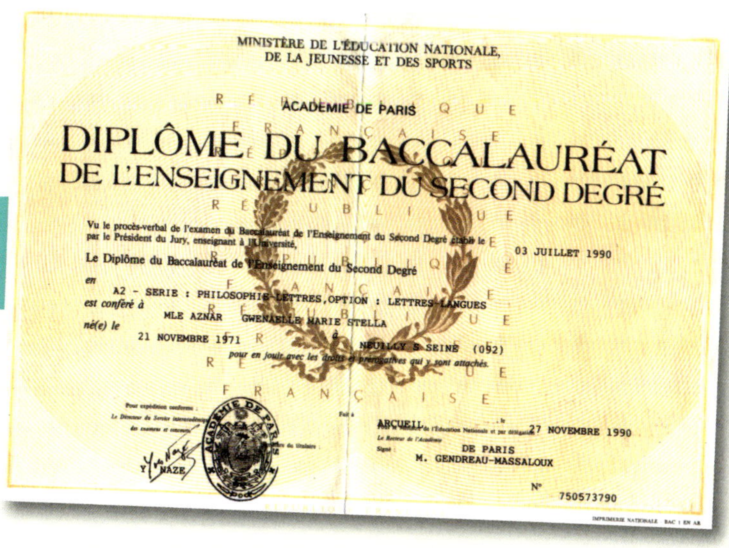

MINISTÈRE DE L'ÉDUCATION NATIONALE,
DE LA JEUNESSE ET DES SPORTS

ACADÉMIE DE PARIS

DIPLÔME DU BACCALAURÉAT
DE L'ENSEIGNEMENT DU SECOND DEGRÉ

Vu le procès-verbal de l'examen du Baccalauréat de l'Enseignement du Second Degré établi le 03 JUILLET 1990
par le Président du Jury, enseignant à l'Université,
Le Diplôme du Baccalauréat de l'Enseignement du Second Degré
en A2 - SERIE : PHILOSOPHIE-LETTRES,OPTION : LETTRES-LANGUES
est conféré à MLE AZNAR GWENAELLE MARIE STELLA
né(e) le 21 NOVEMBRE 1971 à NEUILLY S SEINE (092)
pour en jouir avec les droits et prérogatives qui y sont attachés.

Pour expédition conforme :
Le Directeur du Service interacadémique des examens et concours
Y. NAZE

Fait à ARCUEIL, le 27 NOVEMBRE 1990
Pour le Ministre de l'Education Nationale et par délégation
Le Recteur de l'Académie DE PARIS
Signé : M. GENDREAU-MASSALOUX

N° 750573790

IMPRIMERIE NATIONALE BAC 1 EN AR

La libération sur un morceau de papier.

Souvenez-vous de vos **premières années...**

Nous, les enfants de...

68 titres, **de 1923 à 1990**, sont **déjà disponibles !**

Grandir à... / Notre enfance

Retrouvez la région ou **la ville** qui vous a vu grandir.

Souvenirs d'enfance

Revivez l'ambiance des années **1950 et 1960** en France !

De nombreux autres titres sont en préparation.
Pour plus d'informations, retrouvez-nous sur notre site : www.editions-wartberg.com

Éditions Wartberg
40, rue de l'Échiquier
75010 Paris

Diffusion – Distribution SOFEDIS
11, rue Soufflot,
75005 Paris
Tél. 01.53.10.25.25, Fax 01.53.10.25.26